Este libro de dragones pe

....

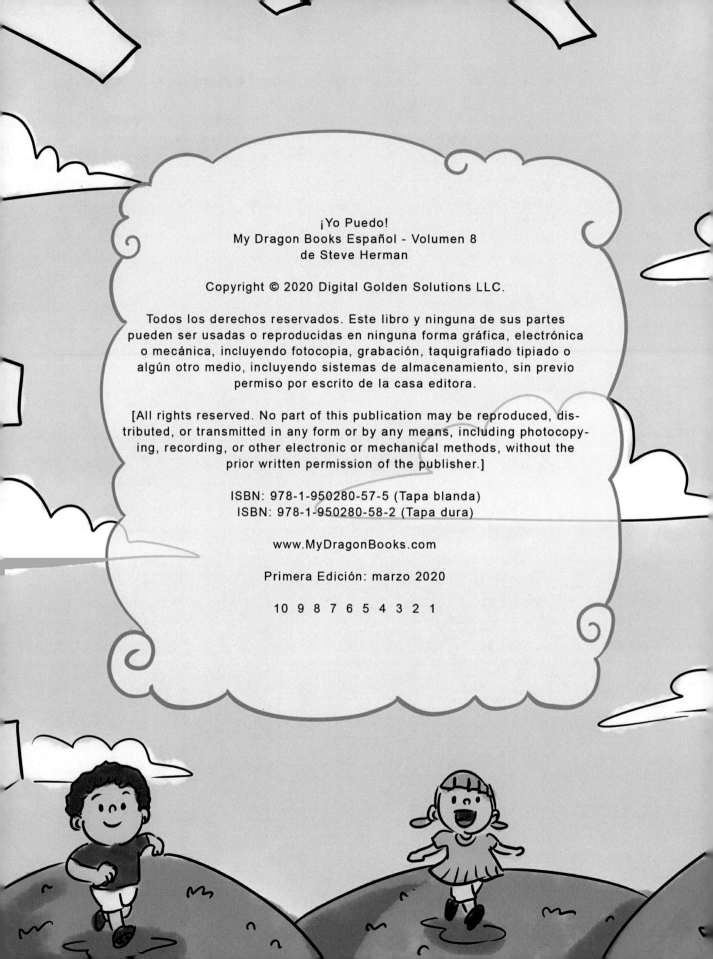

¡Yo Puedo!
My Dragon Books Español - Volumen 8
de Steve Herman

ISBN: 978-1-950280-57-5 (Tapa blanda)
ISBN: 978-1-950280-58-2 (Tapa dura)

www.MyDragonBooks.com

Primera Edición: marzo 2020

10 9 8 7 6 5 4 3 2 1

Diggory aprende sus lecciones rápidamente:
realmente es bastante inteligente,
Y cuando es difícil, hace todo lo posible;
¡bendito sea su pequeño corazón valiente!

Primero, le enseñé muchos trucos
y cómo el orinal utilizar,

"Diggory Doo, ¡tú puedes!
Pero este consejo te puedo dar..."

"La pelea terminará con tu mejor amigo cuando te puedas disculpar."

Diggory ama el patio de juegos;
es su lugar favorito,

Pero cuando debemos volver a casa, se enoja conmigo un ratito.

Hay un acosador grande y malo,
y a la escuela de Diggory va;

"Solo sé amable cuando él sea grosero,
si quieres a un acosador vencer;
Con una actitud adecuada,
no hay nada que no puedas hacer."

Diggory Doo es perezoso y evita hacer tarea cualquiera. Prefiere saltarse el trabajo para poder jugar afuera.

Cuando Diggory tiene mucho trabajo,
es difícil hacerlo todo;
Él dice que tiene mucho que hacer,
y eso no es divertido de ningún modo.

Cuando no puede encontrar su juguete favorito Diggory se pone enojado,

"¡Eres un gran muchacho!
Tu frustración puedes manejar."

Cuando pensamientos infelices
se meten dentro de su cabeza, lo aliento.

"Sé que puedes vencerlos, piensa más bien,
en pensamientos felices, por un momento."

Cuando Diggory debe esperar
en la fila comienza a impacientarse;
Él pone mala cara, da de zapatazos en el suelo,
y luego comienza a quejarse.

"¡Diggory Doo, espera!
¡Tengo fe en que hacerlo tú lo puedes lograr!
Respira hondo y cuenta hasta 10.
Te prometo que lo conseguirás superar."

Diggory va a la escuela de dragones para aprender cosas que debería saber, Pero cuando sus lecciones se vuelven demasiado difíciles, no quiere ir a apender.

Solo dite a ti mismo: "¡Yo puedo!"
(Esto funciona para Diggory Doo)
Y si funciona para mi mascota dragón,
¡ya mismo puedes imitarlo tú!

Made in the USA
Las Vegas, NV
28 March 2021